逆境に負けない力をつける！

こども菜《さい》根《こん》譚《たん》

監修
齋藤 孝

日本図書センター

はじめに

『菜根譚《さいこんたん》』は、むかしの中国《ちゅうごく》で生《う》まれた本《ほん》です。この本《ほん》には、現代《げんだい》を生《い》きるぼくたちにとっても、役《やく》立《だ》つ知恵《ちえ》がいっぱいつまっています。

とくに、どうしたらきびしい逆境《ぎゃっきょう》を乗《の》りこえていけるのか、そして、どうしたらまわりの人《ひと》たちとうまくつき合《あ》っていけるのかについて、たくさんのヒントを教《おし》えてくれています。

ぼくは、この『菜根譚《さいこんたん》』が大好《だいす》きです。つらいときや苦《くる》しいときに、この本《ほん》のことばが、ぼくを何度《なんど》も助《たす》けてくれました。

いま、こどもたちは、おとなが想像《そうぞう》する以上《いじょう》に、激《はげ》しい競争《きょうそう》や、ふくざつな人間関係《にんげんかんけい》のなかで、毎日《まいにち》を生《い》きています。ありのままに、自分《じぶん》らしくいることが、とってもむずかしい時代《じだい》です。

だからこそぼくは、いままで何度《なんど》も自分《じぶん》を逆境《ぎゃっきょう》から救《すく》ってくれた『菜根譚《さいこんたん》』を、ぜひこどもたちに届《とど》けたい！　そう思《おも》って、この本《ほん》をつくりました。

この本《ほん》では、『菜根譚《さいこんたん》』のなかから、みなさんの役《やく》に立《た》ちそうな24のことばを選《えら》んで、「こども訳《やく》」をして紹介《しょうかい》しています。読《よ》み方《かた》は自由《じゆう》です。はじめからじっくり読《よ》み進《すす》めても、気《き》になるイラストをながめるだけでもかまいません。書《か》き下《くだ》し文《ぶん》を声《こえ》に出《だ》して何回《なんかい》も読《よ》み、おぼえてみるのもよいでしょう。

みなさんが「逆境《ぎゃっきょう》に負《ま》けない力《ちから》」をつけて世《よ》の中《なか》をうまく渡《わた》っていくヒントを、この本《ほん》で手《て》にしてくれたらうれしいです。

齋藤《さいとう》 孝《たかし》

もくじ

第《だい》2章《しょう》 人《ひと》に好《す》かれるためのヒント

第《だい》3章《しょう》 困難《こんなん》を払《はら》いのけるためのヒント

お説教《せっきょう》にはもううんざり…
耳中《じちゅう》、常《つね》に耳《みみ》に逆《さから》うの言《げん》を聞《き》き、
心中《しんちゅう》、常《つね》に心《こころ》に払《もと》るの事《こと》有《あ》らば、
纔《わず》かに是《こ》れ徳《とく》に進《すす》み行《おこな》いを修《おさ》むるの砥石《しせき》なるのみ。
40

なにもかもうまくいっている！
故《ゆえ》に君子《くんし》は、安《やす》きに居《お》りては宜《よろ》しく一心《いっしん》を操《と》りて
以《もっ》て患《うれい》を慮《おもんぱか》るべく、…
42

とってもつらく苦《くる》しいとき
達士《たっし》は、心《こころ》に払《もと》る処《ところ》を以《もっ》て楽《たの》しみと為《な》し、
終《つい》に苦心《くしん》を楽《たの》しみに換《か》え得《え》て来《き》たると為《な》す。
44

あれ？ なにかおかしいな…
一《ひと》たび起《おこ》らば便《すなわ》ち覚《さと》り、一《ひと》たび覚《さと》らば便《すなわ》ち転《てん》ず。
此《こ》れは是《こ》れ、禍《わざわい》を転《てん》じて福《ふく》と為《な》し、
死《し》を起《おこ》して生《せい》を回《かえ》すの関頭《かんとう》なり。
46

恐怖《きょうふ》と不安《ふあん》でいっぱいだ！
機《き》の動《うご》けるものは、弓影《きゅうえい》も疑《うたが》いて蛇蝎《だかつ》と為《な》し、
寝石《しんせき》も視《み》て伏虎《ふくこ》と為《な》す。此《こ》の中《うち》渾《すべ》て是《こ》れ殺気《さっき》なり。
48

まわりが気《き》になって焦《あせ》る！
伏《ふく》すること久《ひさ》しき者《もの》は、飛《と》ぶこと必《かなら》ず高《たか》く、
開《ひら》くこと先《さき》なる者《もの》は、謝《しゃ》すること独《ひと》り早《はや》し。
50

コラム 『菜根譚《さいこんたん》』はだれが読《よ》むの？ 52

第《だい》4章《しょう》 人生《じんせい》を後悔《こうかい》しないためのヒント

この本《ほん》の読《よ》み方《かた》

『菜根譚《さいこんたん》』には、いろいろな場面《ばめん》で、きみがどう考《かんが》え、どう向《む》き合《あ》うべきかのヒントが、たくさんつまっているよ。くり返《かえ》し読《よ》んで、逆境《ぎゃっきょう》に負《ま》けない力《ちから》をつけていこう。

まわりが気《き》になって焦《あせ》る!

伏《ふく》すること久《ひさ》しき者《もの》は、飛《と》ぶこと必《かなら》ず高《たか》く、開《ひら》くこと先《さき》なる者《もの》は、謝《しゃ》すること独《ひと》り早《はや》し。

しっかり休《やす》んだ鳥《とり》は、ほかの鳥《とり》より高《たか》く飛《と》ぶ。ほかより先《さき》に咲《さ》いた花《はな》は、散《ち》るのも早《はや》い。

50

ことばをわかりやすく説明《せつめい》した**こども訳《やく》**だよ。ユニークなイラストといっしょなら、ことばの理解《りかい》が深《ふか》まるはず。

『菜根譚《さいこんたん》』のことばを日本語《にほんご》に書《か》き変《か》えた**書《か》き下《くだ》し文《ぶん》**だよ。声《こえ》に出《だ》して読《よ》んでみよう。

そのことばが**役立《やくだ》つ場面《ばめん》**を紹介《しょうかい》しているよ。きみの状況《じょうきょう》や気《き》もちに合《あ》ったことばが見《み》つけられるよ。

第《だい》3章《しょう》　困難《こんなん》を払《はら》いのけるためのヒント

自分《じぶん》のペースで力《ちから》をたくわえよう！

まわりのことが気《き》になって、どうしても焦《あせ》ってしまうきみに向《む》けて、『菜根譚《さいこんたん》』はこんなことを伝《つた》えているよ。休《やす》んだ鳥《とり》は、ほかの鳥《とり》よりも高《たか》く飛《と》ぶことができる。そして、ほかより先《さき》に咲《さ》いた花《はな》は、散《ち》ってしまうのも早《はや》い。

もしきみに、かなえたい夢《ゆめ》や達成《たっせい》したい目標《もくひょう》があるなら、まわりのことは気《き》にせず、けっして焦《あせ》らないことがだいじだよ。なにをするにもまずは、こころとからだを整《ととの》えて、力《ちから》を十分《じゅうぶん》にたくわえなければいけないからね。

それに、あわてて先走《さきばし》ると、その分《ぶん》まわりよりも早《はや》く疲《つか》れてしまうから、結局追《けっきょくお》いつかれて、抜《ぬ》かれてしまうことだってあるかもしれないんだ。それでは、きみのがんばりがムダになってしまうよね。

焦《あせ》らず自分《じぶん》のペースで力《ちから》をためて、その力《ちから》を思《おも》いっきり発《はっ》揮《き》するタイミングを見《み》きわめよう！

51

きみにおぼえておいてほしいことを、**アドバイス**としてまとめているよ。

身近《みぢか》な出来事《できごと》などを例《れい》にしながら、こども訳《やく》を**くわしく解説《かいせつ》**しているよ。むずかしいときは、おとなに聞《き》いてみよう。

＊この本《ほん》で紹介《しょうかい》している書《か》き下《くだ》し文《ぶん》は、おもに『菜根譚《さいこんたん》』（中村璋八《なかむらしょうはち》・石川力山《いしかわりきざん》訳注《やくちゅう》、講談社学術文庫《こうだんしゃがくじゅつぶんこ》）を参照《さんしょう》しました。こども訳《やく》と解説《かいせつ》は、取《と》り上《あ》げた書《か》き下《くだ》し文《ぶん》の前後《ぜんご》の内容《ないよう》も含《ふく》んでいます。

＊読《よ》みやすさを考慮《こうりょ》して、できる限《かぎ》り常用漢字《じょうようかんじ》・現代《げんだい》かなづかいを使用《しよう》しています。

おぼえておきたいキーワード

この本《ほん》では、『菜根譚《さいこんたん》』のことばをわかりやすく説明《せつめい》した「こども訳《やく》」といっしょに、書《か》き下《くだ》し文《ぶん》も紹介《しょうかい》しているよ。ここでは、書《か》き下《くだ》し文《ぶん》に出《で》てくる8つのキーワードを説明《せつめい》しておくね。この本《ほん》を読《よ》むときに、ぜひ参考《さんこう》にしてみよう！

- **徳《とく》** …… 人格《じんかく》
- **才《さい》** …… 才能《さいのう》
- **君子《くんし》** …… 人格《じんかく》と能力《のうりょく》の高《たか》いすぐれた人《ひと》
- **達士《たっし》** …… 人生《じんせい》の達人《たつじん》
- **己《おのれ》** …… 自分《じぶん》
- **家人《かじん》** …… 家族《かぞく》
- **念《おも》う** …… 忘《わす》れないでいる
- **傀儡《かいらい》** …… あやつり人形《にんぎょう》

わたしの名前《なまえ》は洪自誠《こうじせい》。『菜根譚《さいこんたん》』は、わたしが書《か》いたんだ。
この本《ほん》では、その『菜根譚《さいこんたん》』のなかから、
きみに役立《やくだ》つ24のことばを選《えら》んで、紹介《しょうかい》していくよ。

第《だい》1章《しょう》 自分《じぶん》を強《つよ》くするためのヒント

世《よ》の中《なか》をうまく生《い》きていく知恵《ちえ》がいっぱいの『菜根譚《さいこんたん》』。
この章《しょう》では、逆境《ぎゃっきょう》に負《ま》けない力《ちから》をつけるうえで基本《きほん》となる
「自分《じぶん》を強《つよ》くするためのヒント」を紹介《しょうかい》するよ。

思《おも》い通《どお》りに ならなかったとき

反省《はんせい》は、自分《じぶん》を成長《せいちょう》させる「薬《くすり》」になるよ。

己《おのれ》を反《かえり》みる者《もの》は、事《こと》に触《ふ》れて皆薬石《みなやくせき》と成《な》り、人《ひと》を尤《とが》むる者《もの》は、念《ねん》を動《うご》かせば即《すなわ》ち是《こ》れ戈矛《かぼう》なり。

ママのおてつだいで勉強《べんきょう》の時間《じかん》がなくなったからだ！
山田けんた
50
小山たいち
50
ちゃんと復習《ふくしゅう》すればよかった……

成長《せいちょう》のきっかけは自分《じぶん》のなかにある！

テストの点数《てんすう》が予想《よそう》よりも悪《わる》かったり、勝《か》てると思《おも》っていた試合《しあい》に負《ま》けてしまったり、思《おも》い通《どお》りにならないことって、けっこうあるよね。そんなとき、きみはちゃんと反省《はんせい》しているかな？　もしかしたら、まわりの人《ひと》のせいにしてしまっているんじゃない？

『菜根譚《さいこんたん》』は、反省《はんせい》は「薬《くすり》」のようなはたらきをするといっているよ。反省《はんせい》とは、自分《じぶん》の悪《わる》かったところを認《みと》めて、どうやったら改善《かいぜん》できるかをしっかり考《かんが》えること。失敗《しっぱい》やきびしい現実《げんじつ》とちゃんと向《む》き合《あ》うことともいえるかもしれないね。だから、反省《はんせい》はとってもつらい。でも、そのつらさこそが、きみを成長《せいちょう》させる「薬《くすり》」になるんだ。

自分《じぶん》の思《おも》うようにならなかったとき、だれかのせいにしたり、投《な》げやりになったりするのは、せっかくの「薬《くすり》」をムダにしてしまっているのと同《おな》じだよ。

欠点《けってん》だらけの自分《じぶん》が嫌《きら》い！

地《ち》の穢《けが》れたるは、多《おお》く物《もの》を生《しょう》じ、
水《みず》の清《す》めるは、常《つね》に魚《うお》無《な》し。

「清《きよ》く正《ただ》しく美《うつく》しく」は
とてもたいせつ。
でも、それだけでは
息苦《いきぐる》しく
なってしまうよ。

ちょっと苦手《にがて》なんだけど
ミミズさん
土《つち》を豊《ゆた》かに
してくれてるん
だよね

短所《たんしょ》はじつは長所《ちょうしょ》でもある！

もしきみが「短所《たんしょ》をなくして、清《きよ》く正《ただ》しく美《うつく》しい人《ひと》になりたい」と思《おも》っているなら、ぜひこのことばを知《し》ってほしい。『菜根譚《さいこんたん》』は、こういっているよ。汚《きたな》く見《み》える土《つち》には栄養《えいよう》がたっぷりあって作物《さくもつ》がよく育《そだ》つ。きれいすぎる水《みず》には魚《さかな》が住《す》めない。つまり、きれいなもの＝よい、汚《きたな》いもの＝悪《わる》いとは限《かぎ》らないんだ。

じつは人間《にんげん》にも同《おな》じことがいえるよ。たとえば、すぐに心《しん》配《ぱい》してしまう人《ひと》は、その分準備《ぶんじゅんび》が得意《とくい》かもしれない。また、なんにでも興味《きょうみ》をもてる人《ひと》は、飽《あ》きっぽい可能性《かのうせい》もある。

こんなふうに、長所《ちょうしょ》と短所《たんしょ》はいつもセットになっていて、きみが短所《たんしょ》だと思《おも》っていることは、長所《ちょうしょ》にもなるんだ。

「清《きよ》く正《ただ》しく美《うつく》しく」はだいじ。でも、それを求《もと》めすぎて、自分《じぶん》を息苦《いきぐる》しくさせてしまってはいけないよ。短所《たんしょ》を受《う》け入《い》れ見《み》つめ直《なお》せば、きみの新《あたら》しい魅力《みりょく》が見《み》つかるはず。

成長《せいちょう》のひけつってなに？

寵利《ちょうり》は人《ひと》の前《まえ》に居《む》ること毋《なか》れ、徳業《とくぎょう》は人《ひと》の後《うしろ》に落《お》つること毋《なか》れ。
受享《じゅきょう》は分《ぶん》の外《そと》に踰《こ》ゆること毋《なか》れ、修為《しゅうい》は分《ぶん》の中《うち》に減《げん》ずること毋《なか》れ。

出《で》しゃばって
利益《りえき》を得《え》てはダメ。
よい行《おこな》いは
だれよりも早《はや》く。
ごほうびを受《う》け取《と》る
ときは、控《ひか》えめに。
自分《じぶん》をきたえるときは、
限界《げんかい》に挑《いど》もう。

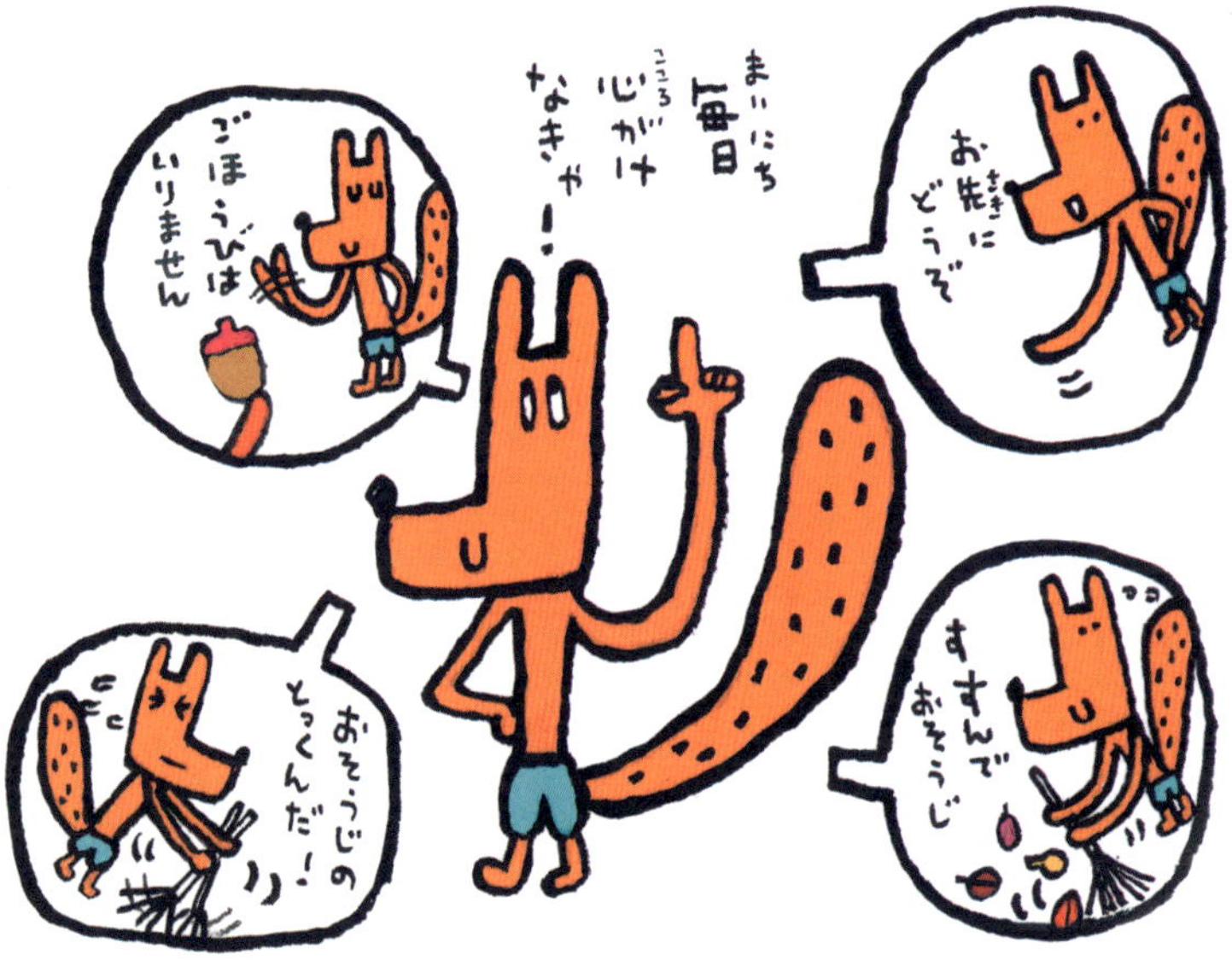

毎日《まいにち》の心《こころ》がけでレベルアップ！

このことばは、自分《じぶん》を高《たか》めるために毎日《まいにち》心《こころ》がけたい４つのことを、きみに教《おし》えてくれるよ。

１つめは、ほかの人《ひと》を押《お》しのけて利益《りえき》に飛《と》びついてはいけないということ。目《め》の前《まえ》においしいケーキがあっても、だれよりも先《さき》に食《た》べようと出《で》しゃばらず、がまんするんだ。

２つめは、よい行《おこな》いは率先《そっせん》してするということ。たとえそれがつらいことでも、勇気《ゆうき》をもって迷《まよ》わず行動《こうどう》しよう。

３つめは、ごほうびは控《ひか》えめに受《う》け取《と》るということ。謙虚《けんきょ》なこころはたいせつだよね。

そして４つめは、自分《じぶん》をきたえるときはあきらめないということ。自分《じぶん》でも気《き》づかなかった力《ちから》を発見《はっけん》できるかも！

この４つを心《こころ》がけて毎日《まいにち》をすごすのは、おとなだってなかなかむずかしい。だからこそ、きみができれば、おとなに負《ま》けないぐらい自分《じぶん》を高《たか》められるんだ。

とにかく早《はや》く強《つよ》くなりたい！

自分《じぶん》みがきは、時間《じかん》をかけてじっくりと。けっして焦《あせ》ってはいけないよ。

磨礪《まれい》は当《まさ》に百煉《ひゃくれん》の金《きん》の如《ごと》くすべし。

立派《りっぱ》な
まねきねこに
なりました・・・
ざぜん
3年《ねん》
うでの
あげさげ
3年《ねん》
えがお
3年《ねん》

成長《せいちょう》には時間《じかん》だって必要《ひつよう》！

テキパキと物事《ものごと》を進《すす》める人《ひと》や、どんどん新《あたら》しいことにチャレンジしていく人《ひと》を見《み》ると、「うらやましい！」「自分《じぶん》も早《はや》く成長《せいちょう》したい！」って、つい焦《あせ》ってしまうよね。

そんなきみに、『菜根譚《さいこんたん》』は、急《いそ》いではダメだと、アドバイスしてくれているよ。なぜなら、自分《じぶん》をみがくためには、金属《きんぞく》を何度《なんど》もたたいて強《つよ》いものにしていくときのように、長《なが》い時間《じかん》をかけなくてはいけないんだ。人《ひと》としての力《ちから》を強《つよ》くするために必要《ひつよう》なのは、知識《ちしき》をつけ、経験《けいけん》を重《かさ》ね、何事《なにごと》もじっくり時間《じかん》をかけて取《と》り組《く》むこと。急《いそ》ぎすぎると、気《き》もちだけが先走《さきばし》って、結局《けっきょく》なにも身《み》につかないんだ。

なにか新《あたら》しいことをはじめるときも同《おな》じだよ。おもしろそうだからといって、むやみに飛《と》びついたり、あまり準備《じゅんび》もしないで進《すす》めたりしてはいけないよ。「自分《じぶん》みがきは焦《あせ》らず、じっくり！」を口《くち》ぐせにしてしまおう。

自分《じぶん》の才能《さいのう》を自慢《じまん》したい！

才能《さいのう》を伸《の》ばすよりも、
まずは
人格《じんかく》を育《そだ》てよう。
人格《じんかく》は才能《さいのう》の
ご主人《しゅじん》さま。

徳《とく》は才《さい》の主《しゅ》にして、才《さい》は徳《とく》の奴《ど》なり。

どうだ
おれさまのピアノ
うまいだろ！

才能《さいのう》をいかすのは人格《じんかく》しだい！

「わたしはとても勉強《べんきょう》ができる！」とか、「ぼくはだれよりもスポーツが得意《とくい》！」とか、自分《じぶん》に自信《じしん》があるのはステキなことだね。でも、もしきみがそれをまわりの人《ひと》に自慢《じまん》ばかりしていたり、できない人《ひと》のことを見下《みくだ》したりしているなら、すごく残念《ざんねん》なことをしているよ。

『菜根譚《さいこんたん》』は、「才《さい》」＝才能《さいのう》よりも「徳《とく》」＝人格《じんかく》のほうがずっと重要《じゅうよう》だといっているよ。人格《じんかく》というのは、ほかの人《ひと》に対《たい》する思《おも》いやりや、控《ひか》えめなこころをもっているかどうかということ。才能《さいのう》があっても、使《つか》い方《かた》をまちがえてしまうと意味《いみ》がないよね。だからこそ、才能《さいのう》には、それを使《つか》いこなす主人《しゅじん》である人格《じんかく》が必要《ひつよう》なんだ。

自分《じぶん》の才能《さいのう》を信《しん》じて、伸《の》ばしていくことはもちろんたいせつ。でも、それよりもまず人格《じんかく》を育《そだ》てなければいけないことをおぼえておこう。

人格《じんかく》を育《そだ》てる方法《ほうほう》とは…

徳《とく》は量《りょう》に随《したが》いて進《すす》み、量《りょう》は識《しき》に由《よ》りて長《ちょう》ず。

理解《りかい》する力《ちから》は心《こころ》の広《ひろ》さにつながり、すぐれた人格《じんかく》の土台《どだい》になるよ。

相手《あいて》と自分《じぶん》はちがうと知《し》ろう！

「まずは人格《じんかく》を育《そだ》てよう」と『菜根譚《さいこんたん》』はいっていたけれど、どうすればいいだろう？　その質問《しつもん》に『菜根譚《さいこんたん》』は、「徳《とく》」＝人格《じんかく》は「量《りょう》」＝こころの広《ひろ》さによってつくられ、そのもとになるのは「識《しき》」＝物事《ものごと》を見《み》きわめ理解《りかい》する力《ちから》だと、答《こた》えてくれているよ。

人《ひと》はそれぞれ生《う》まれ育《そだ》った環境《かんきょう》がちがうから、自分《じぶん》の経験《けいけん》や感覚《かんかく》だけに頼《たよ》ると、どうしても相手《あいて》を理解《りかい》できない場合《ばあい》がある。だから、歴史上《れきしじょう》の人物《じんぶつ》について学《まな》んだり、主人公《しゅじんこう》の気《き》もちになって物語《ものがたり》を読《よ》んだりして、いろんな考《かんが》え方《かた》を取《と》り入《い》れ、理解《りかい》する力《ちから》をみがいていくことがだいじなんだ。

そうすると、いままで理解《りかい》できなかった相手《あいて》の気《き》もちを想《そう》像《ぞう》したり、同《おな》じ気《き》もちになったりできるかもしれないよ。つまり、それはこころが広《ひろ》くなったということ。そして、こころの広《ひろ》さはやがて、すぐれた人格《じんかく》につながっていくんだ。

コラム そもそも『菜根譚《さいこんたん》』って どんなもの？

『菜根譚《さいこんたん》』は、いまから400年《ねん》ほど前《まえ》の中国《ちゅうごく》で書《か》かれた書物《しょもつ》だよ。時代《じだい》や場所《ばしょ》に左右《さゆう》されることのない、生《い》きていくうえで役立《やくだ》つ考《かんが》え方《かた》がいっぱい書《か》かれているから、いまでもたくさんの人《ひと》に愛《あい》されている書物《しょもつ》なんだ。

『菜根譚《さいこんたん》』の著者《ちょしゃ》は、洪自誠《こうじせい》（洪応明《こうおうめい》）という人物《じんぶつ》。でも、どんな人《ひと》だったのかはよくわかっていないんだ。おそらく国《くに》の役所《やくしょ》に勤《つと》めていたエリートで、なんらかの理由《りゆう》でその仕事《しごと》をやめた後《あと》、『菜《さい》根譚《こんたん》』を書《か》いたといわれているよ。

『菜根譚《さいこんたん》』という題名《だいめい》にある「菜根《さいこん》」というのは、野菜《やさい》の根《ね》っこのこと。根《ね》っこは筋《すじ》が多《おお》くてかたいけれど、じっくりかみしめれば本当《ほんとう》の味《あじ》がわかる。同《おな》じように、生《い》きていくなかで起《お》きるさまざまな出来事《できごと》をじっくり理解《りかい》しようと努力《どりょく》すれば、その本当《ほんとう》の姿《すがた》がわかってくる。

『菜根譚《さいこんたん》』という題名《だいめい》には、そんな思《おも》いが込《こ》められているよ。

菜根《さいこん》を味《あじ》わうように
人生《じんせい》をすごして
いきたいものじゃ
フォ
フォ
フォ

第《だい》2章《しょう》

人《ひと》に好《す》かれるためのヒント

逆境《ぎゃっきょう》におちいってしまう原因《げんいん》の1つは、
人《ひと》との関係《かんけい》がくずれてしまうこと。
まわりの人《ひと》と仲良《なかよ》しの関係《かんけい》を保《たも》つには?
この章《しょう》では、「人《ひと》に好《す》かれるためのヒント」を学《まな》ぼう。

人《ひと》から
感謝《かんしゃ》されたい！

人《ひと》にした親切《しんせつ》なんて、
さっさと忘《わす》れて
しまおう。
人《ひと》にかけてしまった
迷惑《めいわく》こそ、
ずっと忘《わす》れないでいよう。

我《われ》、人《ひと》に功有《こうあ》るも、念《おも》うべからず。
而《しか》るに、過《あやま》たば則《すなわ》ち念《おも》わざるべからず。

宿題《しゅくだい》教《おし》えてくれてありがとう
でも、昨日《きのう》牛乳《ぎゅうにゅう》あげたから当然《とうぜん》だよね！
それとこれは別《べつ》じゃないの？

「おたがいさま」の気《き》もちがかっこいい！

だれかに親切《しんせつ》なことをすると、「役《やく》に立《た》てたのかな」って気分《きぶん》がよくなるよね。相手《あいて》に「ありがとう」っていわれて、ずっとおぼえていたいぐらいうれしい気《き》もちになったこと、きみにもあるかな？

でも、人《ひと》に親切《しんせつ》にしたことは「念《おも》うべからず」つまり、早《はや》く忘《わす》れてしまおうと、『菜根譚《さいこんたん》』はいっているんだ。だれかに感謝《かんしゃ》されるような行動《こうどう》はとても立派《りっぱ》！　でも、それをいつまでもおぼえているのは、ちょっとかっこ悪《わる》いかも。「おたがいさま」と思《おも》える自分《じぶん》になろう。

逆《ぎゃく》に、人《ひと》に迷惑《めいわく》をかけてしまったことは「念《おも》わざるべからず」つまり、ずっとおぼえておこう。思《おも》い出《だ》すたび、悲《かな》しくなったり、はずかしくなったりしそうだけれど、けっして忘《わす》れてはいけないよ。そのつらい思《おも》い出《で》こそ、同《おな》じことをくり返《かえ》さないように、きみを助《たす》けてくれるからね。

頭《あたま》にきた!
許《ゆる》せない!

怒《おこ》りすぎには要注意《ようちゅうい》!
怒《おこ》るときだって、相手《あいて》の気《き》もちを考《かんが》えよう。

人《ひと》の悪《あく》を攻《せ》むるときは、太《はなは》だ厳《げん》なること毋《な》く、其《そ》の受《う》くるに堪《た》えんことを思《おも》うを要《よう》す。

相手《あいて》のこころの状態《じょうたい》を想像《そうぞう》しよう！

友《とも》だちが悪口《わるぐち》をいってきたり、約束《やくそく》を破《やぶ》ったりしたとき、頭《あたま》にきて怒《おこ》ってしまった！　そんな経験《けいけん》はだれにでもあるよね。でも『菜根譚《さいこんたん》』によれば、そういうときは、「太《はなは》だ厳《げん》なること毋《な》く」つまり、あまりきびしく怒《おこ》りすぎないほうがいいんだって。その代《か》わりに、「堪《た》えんことを思《おも》う」つまり、相手《あいて》のこころの状態《じょうたい》を考《かんが》えるべきだといっているよ。

悪口《わるぐち》をいってきた友《とも》だちは、きみに対《たい》してなにか怒《おこ》っていたのかもしれない。約束《やくそく》を破《やぶ》った友《とも》だちは、きみが知《し》らないたいへんな問題《もんだい》を抱《かか》えていたのかもしれない。そんなとき、きみが激《はげ》しく怒《おこ》ったら、相手《あいて》はさらにきみのことを悪《わる》くいったり、やりきれない気《き》もちになったりするはず。

だから、怒《おこ》るときでも、相手《あいて》のこころの状態《じょうたい》を想像《そうぞう》しながら、きみの気《き》もちを伝《つた》えてみよう。そうすれば、相手《あいて》はきっと素直《すなお》にきみに自分《じぶん》の気《き》もちを話《はな》してくれるよ。

意見《いけん》が分《わ》かれた！　どうしよう？

話《はな》し合《あ》いのときは冷静《れいせい》に。行動《こうどう》すると決《き》めたら大胆《だいたん》に！

事《こと》を議《ぎ》するには、身《み》は事《こと》の外《そと》に在《あ》りて、
宜《よろ》しく利害《りがい》の情《じょう》を悉《つく》すべし。

スポーツ大会《たいかい》はクラス全員《ぜんいん》でたたかうの!!
それじゃせんしゅとおうえん係《がかり》をつくろうよ！
やりたい人《ひと》だけがんばればいいじゃない

ちょうどよいバランスがたいせつ！

「絶対《ぜったい》、〇〇のほうがよいと思《おも》います！」「××なんてありえません！」――ホームルームの時間《じかん》などで、意見《いけん》が2つに分《わ》かれてしまったとき、自分《じぶん》の考《かんが》えだけを強《つよ》く主張《しゅちょう》する人《ひと》っているよね。

そんな場面《ばめん》に対《たい》して『菜根譚《さいこんたん》』は、まずそれぞれの意見《いけん》が自分《じぶん》やみんなにとってどんなプラスとマイナスがあるのか、冷静《れいせい》に考《かんが》えてみるべきだといっているよ。そのうえで、話《はな》し合《あ》いに加《くわ》わってみるんだ。そうすれば、どちらかの立場《たちば》にだけこだわることなく意見《いけん》をいえるし、だれとも大《おお》きな対立《たいりつ》にはならないはずだよ。そして、決《き》まったことを行動《こうどう》にうつすときは、必死《ひっし》にやってみよう！

冷静《れいせい》に話《はな》し合《あ》って、大胆《だいたん》に行動《こうどう》する。そんなふうに、自分《じぶん》のなかのスイッチをうまく切《き》り替《か》えて、まわりの人《ひと》とよい関《かん》係《けい》をつくっていこう。

友《とも》だちのうわさを聞《き》いたとき

悪《わる》くても、
よくても、
うわさはうわさ。
ふりまわされたら
いけないよ。

悪《あく》を聞《き》きては、就《そのまま》には悪《にく》むべからず。

判断《はんだん》は慎重《しんちょう》すぎるぐらいに！

もしきみがうわさを信《しん》じやすい人《ひと》だとしたら、ぜひこのことばをしっかりおぼえてほしい。

『菜根譚《さいこんたん》』はこういっているよ。悪《わる》いうわさは、ある人《ひと》をおとしいれるために、その人《ひと》を嫌《きら》っているだれかが流《なが》しているかもしれない。よいうわさだって、ある人《ひと》が自分《じぶん》をアピールするために、自《みずか》ら流《なが》していることも考《かんが》えられる。つまり、うわさとは本当《ほんとう》かどうかわからないものなんだ。

そんないじわるな人《ひと》やずるい人《ひと》が流《なが》すうわさを、そのまま信《しん》じてはいけないよ。そのせいで、きみがまわりの人《ひと》のことを正《ただ》しく判断《はんだん》できなくなってしまう可能性《かのうせい》があるからね。

なんでもかんでも疑《うたが》うのは疲《つか》れるけれど、うわさとのつき合《あ》い方《かた》は慎重《しんちょう》すぎるぐらいがちょうどいいんだ。うわさよりも、自分《じぶん》で見《み》たものや感《かん》じたことを信《しん》じるたいせつさを忘《わす》れないでいたいね！

家族《かぞく》のルールって？

家族《かぞく》だからこそ、コミュニケーションはていねいに。

家人《かじん》に過《あやまち》あらば、宜《よろ》しく暴怒《ぼうど》すべからず、宜《よろ》しく軽棄《けいき》すべからず。……春風《しゅんぷう》の凍《こお》れるを解《と》くが如《ごと》く、和気《わき》の氷《こおり》を消《け》すが如《ごと》くす。

ママは
そんなに
おけしょう
しなくても
美人《びじん》だよ

合言葉《あいことば》は「やんわり」「おだやか」！

家族《かぞく》って、きみにとってどんな人《ひと》？　きみの性格《せいかく》やくせ、食《た》べものの好《す》き嫌《きら》いなどをよく知《し》っていて、いつでもきみの1番《ばん》の味方《みかた》でいてくれる人《ひと》だよね。そんな家族《かぞく》に対《たい》して、慣《な》れて、甘《あま》えて、遠慮《えんりょ》がなくなってはいないかな？

『菜根譚《さいこんたん》』は、家族《かぞく》の関係《かんけい》について、こんなルールをおすすめしているよ。家族《かぞく》どうしでトラブルが起《お》こったときは、激《はげ》しく感情《かんじょう》をぶつけないこと。そして、家族《かぞく》のだれかがまちがったことをしてしまったときは、さりげなく注意《ちゅうい》をすること。つまり、「暴怒《ぼうど》」＝怒《おこ》りすぎず、「軽棄《けいき》」＝知《し》らんぷりせず、やんわりと指摘《してき》して、おだやかに解決《かいけつ》するんだ。

家族《かぞく》はあたりまえのように自分《じぶん》のそばにいてくれると、つい思《おも》ってしまいがちだけれど、本当《ほんとう》はとくべつな人《ひと》。だからこそ、ていねいにコミュニケーションをとるように努力《どりょく》しないといけないよ。

自分《じぶん》の意見《いけん》を押《お》し通《とお》したい！

世《よ》に処《お》るには、一歩《いっぽ》を譲《ゆず》るを高《たか》しとなす。歩《ほ》を退《しりぞ》くるは、即《すなわ》ち歩《ほ》を進《すす》むるの張本《ちょうほん》なり。

相手《あいて》にゆずった1歩《ぽ》は、自分《じぶん》が前《まえ》に進《すす》むための1歩《ぽ》になるんだよ。

きみの1歩《ぽ》がまわりを変《か》える！

まわりの人《ひと》といっしょにうまく生《い》きていくためのヒントが散《ち》りばめられた『菜根譚《さいこんたん》』。ここでは、そのなかでも究極《きゅうきょく》のヒントをきみに教《おし》えるね。それは、人生《じんせい》でたいせつなのは相《あい》手《て》に1歩《ぽ》ゆずる姿勢《しせい》だということ。自分《じぶん》の意見《いけん》を押《お》し通《とお》すのではなく、まず相手《あいて》のことを考《かんが》えて、思《おも》いやるんだ。

「それだと、自分《じぶん》ばかり損《そん》しているみたい……」と、きみは感《かん》じるかもしれないね。でも『菜根譚《さいこんたん》』は、1歩《ぽ》退《しりぞ》くことは1歩《ぽ》進《すす》むためのきっかけになるともいっているよ。退《しりぞ》くことが進《すす》むことになるなんて矛盾《むじゅん》するようだけれど、つまりこういうこと。きみが相手《あいて》の立場《たちば》になって行動《こうどう》し続《つづ》ければ、相《あい》手《て》だって同《おな》じように、きみの立場《たちば》になって行動《こうどう》してくれるようになるんだ。

おたがいが相手《あいて》のことを考《かんが》えて行動《こうどう》できたら、おたがいにとってプラスだよね！　まずはきみからはじめよう。

コラム

『菜根譚《さいこんたん》』は どんな時代《じだい》に書《か》かれたの？

『菜根譚《さいこんたん》』が書《か》かれたころの中国《ちゅうごく》は、明《みん》と呼《よ》ばれていた最後《さいご》の時期《じき》だといわれているよ。日本《にほん》でいうと、戦国時代《せんごくじだい》の終《お》わりから江戸時代《えどじだい》はじめごろにあたるんだ。

明《みん》は 1368 年《ねん》に建《た》てられて以来《いらい》、しばらくの間《あいだ》はとても栄《さか》えていたんだ。日本《にほん》ともかかわりがあって、とくに室町幕府《むろまちばくふ》の３代将軍《だいしょうぐん》・足利義満《あしかがよしみつ》は、日明貿易《にちみんぼうえき》にとても力《ちから》を入《い》れていたそうだよ。

ところが、明《みん》の政治家《せいじか》たちは国民《こくみん》の幸《しあわ》せを考《かんが》えることを忘《わす》れて、権力争《けんりょくあらそ》いに夢中《むちゅう》になっていくんだ。そして、ついには農民《のうみん》の反乱《はんらん》が起《お》こって、やがて明《みん》はほろびてしまう。

まさにそんな時期《じき》に書《か》かれたのが『菜根譚《さいこんたん》』なんだ。著者《ちょしゃ》の洪自誠《こうじせい》は、乱《みだ》れた世《よ》の中《なか》のようすを見《み》て、人《ひと》はどのように生《い》きたら幸《しあわ》せになれるのかと、考《かんが》え続《つづ》けたのだろう。その答《こた》えとして書《か》いたのが『菜根譚《さいこんたん》』といえるんだね。

第《だい》3章《しょう》

困難《こんなん》を払《はら》いのけるためのヒント

毎日《まいにち》の生活《せいかつ》のなかで、
思《おも》いがけないピンチにあうことってあるよね。
この章《しょう》では、そんな困難《こんなん》を払《はら》いのけるためのヒントを、
『菜根譚《さいこんたん》』に教《おし》えてもらおう。

お説教《せっきょう》には もううんざり…

注意《ちゅうい》も、批判《ひはん》も、いやがらない！ おだてられてばかりは、毒《どく》と同《おな》じだよ。

耳中《じちゅう》、常《つね》に耳《みみ》に逆《さか》らうの言《げん》を聞《き》き、
心中《しんちゅう》、常《つね》に心《こころ》に払《もと》るの事有《ことあ》らば、
纔《わず》かに是《こ》れ徳《とく》に進《すす》み行《おこな》いを修《おさ》むるの砥石《しせき》なるのみ。

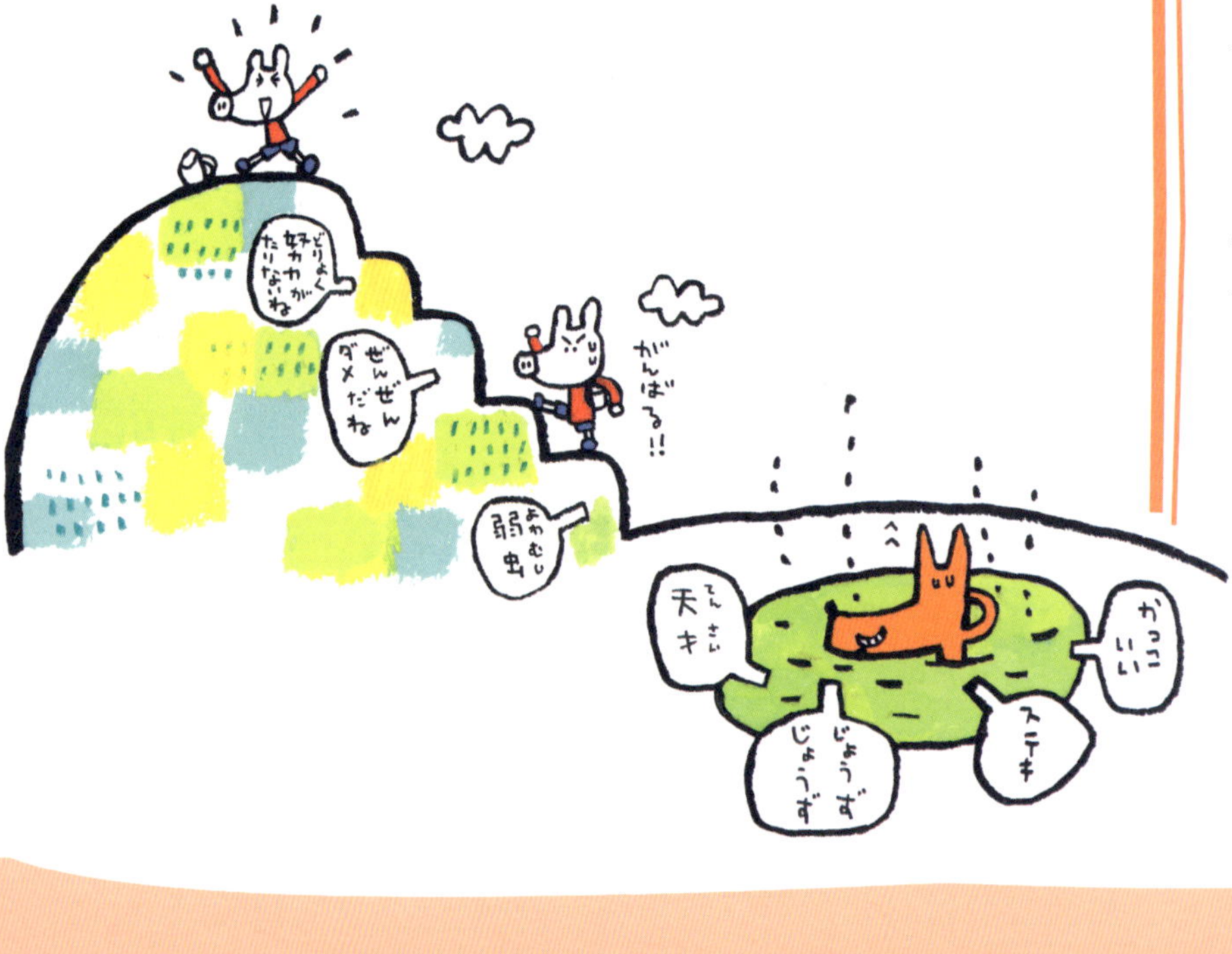

逃《に》げていてはもったいない！

人《ひと》からきびしいアドバイスを受《う》けたり、怒《おこ》られたりしたとき、きみはどうする？　ショックで落《お》ち込《こ》んだり、つい反発《はんぱつ》してしまったりしていないかな？

でも、そんなときはきみが成長《せいちょう》できるチャンスだと、『菜《さい》根譚《こんたん》』はいっているよ。人《ひと》からの注意《ちゅうい》や批判《ひはん》から逃《に》げずに、ちゃんと受《う》けとめて反省《はんせい》することで、きみはぐっと成長《せいちょう》できるんだ。『菜根譚《さいこんたん》』は、自分《じぶん》を強《つよ》くするためのヒントとして、「反省《はんせい》は、自分《じぶん》を成長《せいちょう》させる『薬《くすり》』になるよ」とも、教《おし》えてくれていたよね。

逆《ぎゃく》に、ほめられたり、おだてられたりしてばかりだと、「このままでいいや！」と満足《まんぞく》してしまって、いつまでも成長《せいちょう》できないんだ。『菜根譚《さいこんたん》』によれば、それは人生《じんせい》をわざわざ毒《どく》にひたすようなものなんだって。そんな恐《おそ》ろしいことにならないように、気《き》をつけないといけないね！

なにもかも
うまくいっている!

故《ゆえ》に君子《くんし》は、安《やす》さに居《お》りては宜《よろ》しく一心《いっしん》を操《と》りて
以《もっ》て患《うれい》を慮《おもんぱか》るべく、…

順調《じゅんちょう》なときこそ、最悪《さいあく》なときを想像《そうぞう》して、しっかり備《そな》えよう。

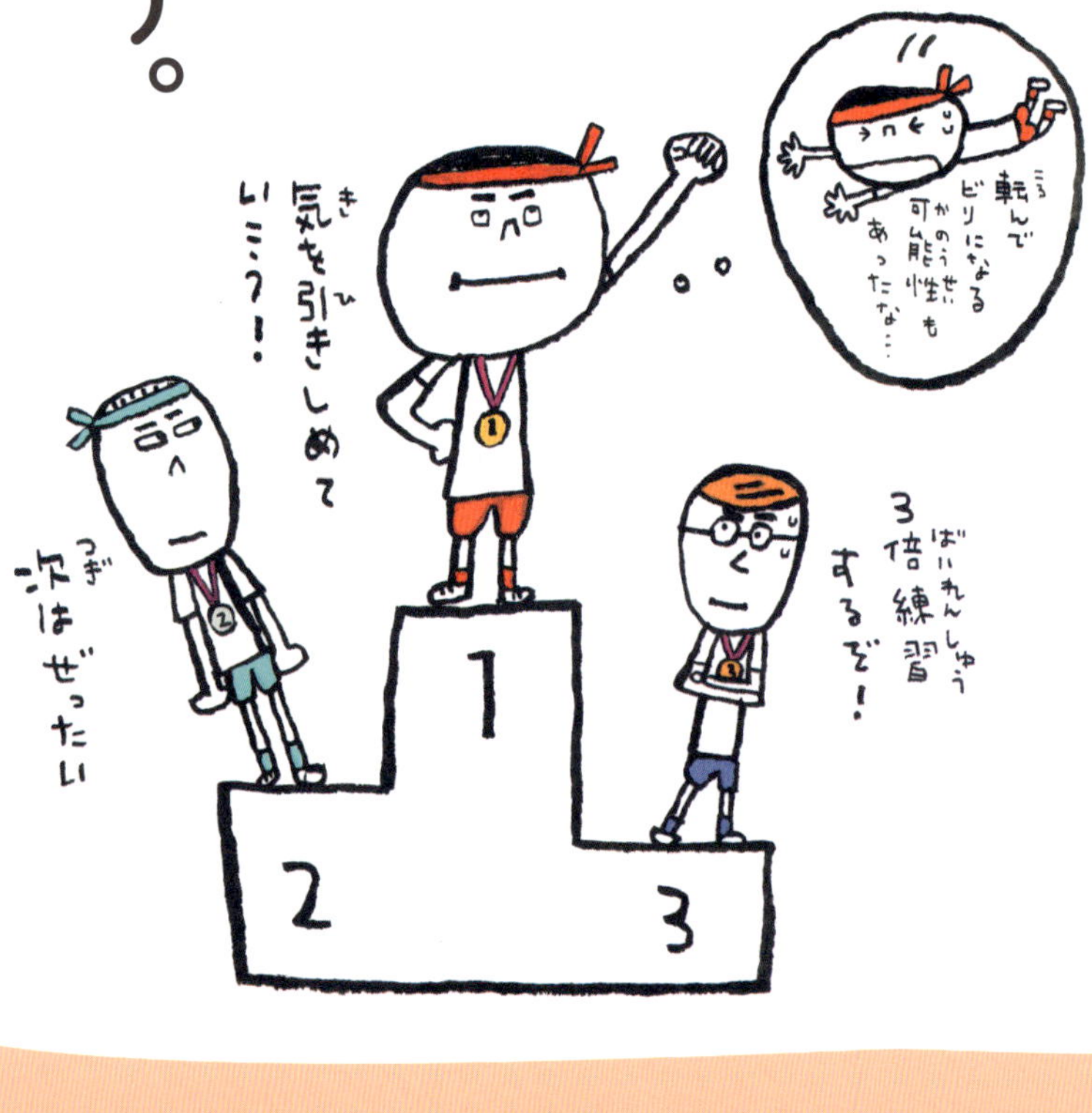

「最悪《さいあく》」もいつか必《かなら》ずやってくる！

「絶好調《ぜっこうちょう》！」「なんの心配《しんぱい》もない！」――きみがそう感《かん》じているときにぜひ思《おも》い出《だ》してほしいことばも、『菜根譚《さいこんたん》』にはあるよ。そのことばは、すぐれた人《ひと》は、順調《じゅんちょう》なときこそ、最悪《さいあく》なときに備《そな》えているという意味《いみ》なんだ。

テストで毎回《まいかい》100点《てん》をとるとか、スポーツ大会《たいかい》で何度《なんど》も優勝《ゆうしょう》するとか、努力《どりょく》してよい結果《けっか》を残《のこ》すのは、本当《ほんとう》にすばらしいことだね！　でも、そこで油断《ゆだん》しないことも、同《おな》じぐらいだいじなんだよ。今回《こんかい》よい結果《けっか》を残《のこ》せなかった人《ひと》は、くやしさをバネに、きみよりもっと努力《どりょく》をするだろう。きみ自身《じしん》だって、ケガや病気《びょうき》のせいで、本来《ほんらい》の力《ちから》を出《だ》せなくなることがあるかもしれない。

だから、なにもかもうまくいっているときには、そうではないときを想像《そうぞう》して、気《き》を引《ひ》きしめておくべきなんだ。そうすれば、どんなときでもあわてずにいられるよ。

とってもつらく
苦《くる》しいとき

人生《じんせい》の達人《たつじん》は、
困難《こんなん》のなかでも
それに打《う》ち勝《か》つ喜《よろこ》びを
見《み》つけているよ。

達士《たっし》は、心《こころ》に払《もと》る処《ところ》を以《もっ》て楽《たの》しみと為《な》し、
終《つい》に苦心《くしん》を楽《たの》しみに換《か》え得《え》て来《き》たると為《な》す。

まだまだ
遠《とお》いな
でこぼこだし
つらい…
でもきれいな
月《つき》が
見《み》られて
幸《しあわ》せだ！

つらさを喜《よろこ》びに変《か》えよう！

「順調《じゅんちょう》なときこそ、最悪《さいあく》なときを想像《そうぞう》して、しっかり備《そな》えよう」と、『菜根譚《さいこんたん》』は教《おし》えてくれていたよね。では反対《はんたい》に、なにもかもうまくいかないときは、いったいどうすればいいんだろう？　その答《こた》えとして『菜根譚《さいこんたん》』は、達士《たっし》になりなさいといっているよ。

「達士《たっし》」とは、達人《たつじん》のこと。どんな困難《こんなん》なときでも、それに打《う》ち勝《か》つ喜《よろこ》びを見《み》つけることができる人《ひと》だよ。たとえば、つらい状況《じょうきょう》を乗《の》りこえて成長《せいちょう》した自分《じぶん》を想像《そうぞう》したり、困難《こんなん》のなかでもこころを満《み》たしてくれるものを探《さが》したり……そうやって自分《じぶん》のなかの苦《くる》しみを、楽《たの》しみに変《か》えていくんだ。

つらさや苦《くる》しさのない人生《じんせい》なんて、ありえない！　だったら、なげいたり悲《かな》しんだりするよりも、目《め》の前《まえ》にある困難《こんなん》を喜《よろこ》びに変《か》えていこう。そんな「達士《たっし》」に、きっときみもなれるはずだよ。

あれ？ なにか
おかしいな…

一《ひと》たび起《おこ》らば便《すなわ》ち覚《さと》り、一《ひと》たび覚《さと》らば便《すなわ》ち転《てん》ず。
此《こ》れは是《こ》れ、禍《わざわい》を転《てん》じて福《ふく》と為《な》し、
死《し》を起《おこ》して生《せい》を回《かえ》すの関頭《かんとう》なり。

違和感《いわかん》をたいせつにして、マイナスをプラスに変《か》えよう。

こころのメッセージを受《う》け取《と》ろう！

とくに理由《りゆう》はないのに、「なんだかいやな予感《よかん》がする」「なんとなく変《へん》だな」って感《かん》じて、こころが落《お》ち着《つ》かないことってあるよね。そういう気《き》もちを「違和感《いわかん》」っていうんだけど、それはきみへのメッセージかもしれないんだ。

『菜根譚《さいこんたん》』はこういっているよ。違和感《いわかん》を抱《いだ》いたら、まず立《た》ち止《ど》まって、きみの考《かんが》えや行動《こうどう》が正《ただ》しいかどうかを考《かんが》えてみよう。そして、悪《わる》い方向《ほうこう》に向《む》かっているとわかったら、すぐにその考《かんが》えや行動《こうどう》をやめて、引《ひ》き返《かえ》そう。

そうやって早《はや》めに方向転換《ほうこうてんかん》できれば、きみのダメージは少《すく》なくて済《す》むし、正《ただ》しい道《みち》に進《すす》めれば、「禍《わざわい》を転《てん》じて福《ふく》と為《な》し」つまり、マイナスをプラスに変《か》えられるんだ。

じっくり考《かんが》え抜《ぬ》いて答《こた》えを出《だ》すことも、ときには必要《ひつよう》。だけど、きみの違和感《いわかん》は意外《いがい》と頼《たよ》りになるってことも、しっかりおぼえておこう。

恐怖《きょうふ》と不安《ふあん》で いっぱいだ！

恐怖《きょうふ》や不安《ふあん》は、
自分《じぶん》が生《う》み出《だ》して
いるのかも
しれないよ。

機《き》の動《うご》けるものは、弓影《きゅうえい》も疑《うたが》いて蛇蝎《だかつ》と為《な》し、
寝石《しんせき》も視《み》て伏虎《ふくこ》と為《な》す。此《こ》の中《うち》渾《すべ》て是《こ》れ殺気《さっき》なり。

まずは大《おお》きく深呼吸《しんこきゅう》！

きみは「疑心暗鬼《ぎしんあんき》」って四字熟語《よじじゅくご》を知《し》っているかな？　こころが落《お》ち着《つ》かないと、なんでもないことが怖《こわ》くなったり、疑《うたが》わしく感《かん》じたりしてしまうという意味《いみ》だよ。たとえば、暗《くら》い夜道《よみち》で木《き》が揺《ゆ》れただけなのに、「おばけかも!?」なんてドキドキしてしまうようなこと。

『菜根譚《さいこんたん》』は、物事《ものごと》と向《む》き合《あ》うときは、こころを落《お》ち着《つ》かせようと、アドバイスしてくれているよ。なぜなら、こころが乱《みだ》れていると、物事《ものごと》を冷静《れいせい》に受《う》けとめることがむずかしくなるからね。それによって、状況《じょうきょう》に合《あ》った正《ただ》しい判断《はんだん》ができなくなってしまうこともあるんだ。

もし、きみが恐怖《きょうふ》や不安《ふあん》を感《かん》じたら、まず深呼吸《しんこきゅう》をして、こころを落《お》ち着《つ》かせてから、物事《ものごと》と向《む》き合《あ》うといいよ。きみの感《かん》じている恐怖《きょうふ》や不安《ふあん》は、こころの乱《みだ》れたきみ自身《じしん》が生《う》み出《だ》しているものかもしれないんだ。

まわりが気《き》になって焦《あせ》る!

伏《ふく》すること久《ひさ》しき者《もの》は、飛《と》ぶこと必《かなら》ず高《たか》く、
開《ひら》くこと先《さき》なる者《もの》は、謝《しゃ》すること独《ひと》り早《はや》し。

しっかり
休《やす》んだ鳥《とり》は、
ほかの鳥《とり》より高《たか》く飛《と》ぶ。
ほかより先《さき》に
咲《さ》いた花《はな》は、
散《ち》るのも早《はや》い。

自分《じぶん》のペースで力《ちから》をたくわえよう！

まわりのことが気《き》になって、どうしても焦《あせ》ってしまうきみに向《む》けて、『菜根譚《さいこんたん》』はこんなことを伝《つた》えているよ。休《やす》んだ鳥《とり》は、ほかの鳥《とり》よりも高《たか》く飛《と》ぶことができる。そして、ほかより先《さき》に咲《さ》いた花《はな》は、散《ち》ってしまうのも早《はや》い。

もしきみに、かなえたい夢《ゆめ》や達成《たっせい》したい目標《もくひょう》があるなら、まわりのことは気《き》にせず、けっして焦《あせ》らないことがだいじだよ。なにをするにもまずは、こころとからだを整《ととの》えて、力《ちから》を十分《じゅうぶん》にたくわえなければいけないからね。

それに、あわてて先走《さきばし》ると、その分《ぶん》まわりよりも早《はや》く疲《つか》れてしまうから、結局《けっきょく》追《お》いつかれて、抜《ぬ》かれてしまうことだってあるかもしれないんだ。それでは、きみのがんばりがムダになってしまうよね。

焦《あせ》らず自分《じぶん》のペースで力《ちから》をためて、その力《ちから》を思《おも》いっきり発《はっ》揮《き》するタイミングを見《み》きわめよう！

コラム

『菜根譚《さいこんたん》』はだれが読《よ》むの？

『菜根譚《さいこんたん》』はむかしの中国《ちゅうごく》で生《う》まれた書物《しょもつ》だけれど、国《くに》と時代《じだい》をこえて、広《ひろ》く愛《あい》されているよ。

とくに日本《にほん》では、根強《ねづよ》い人気《にんき》があるんだ。日本《にほん》で『菜根譚《さいこんたん》』が広《ひろ》く読《よ》まれるようになったのは、江戸時代《えどじだい》の後半《こうはん》。明治《めいじ》から昭和《しょうわ》にかけては、たくさんの解説本《かいせつぼん》が出版《しゅっぱん》されたくらい、ずっと多《おお》くの日本人《にほんじん》に親《した》しまれてきたんだ。

また日本《にほん》では、国《くに》を代表《だいひょう》する政治家《せいじか》や会社《かいしゃ》を経営《けいえい》する人《ひと》、プロスポーツチームの監督《かんとく》など、あらゆる分野《ぶんや》のリーダーたちの愛読書《あいどくしょ》にもなっているよ。新《あたら》しいなにかをはじめるときは、困難《こんなん》がいっぱいあるし、新《あたら》しい道《みち》を進《すす》もうとするときは、たくさんの批判《ひはん》を浴《あ》びてつらい思《おも》いをすることもあるだろう。そんなとき、逆境《ぎゃっきょう》に負《ま》けない力《ちから》をつけるためのヒントのつまった『菜根譚《さいこんたん》』は、きっとリーダーたちのこころの支《ささ》えになっていたんだね。

第《だい》4章《しょう》

人生《じんせい》を後悔《こうかい》しないためのヒント

逆境《ぎゃっきょう》に負《ま》けずに、1度《ど》きりの人生《じんせい》を充実《じゅうじつ》させるには、
きみが毎日《まいにち》をどうすごしていくかにかかっている。
この章《しょう》で、「人生《じんせい》を後悔《こうかい》しないためのヒント」を知《し》ってほしい。

人生《じんせい》って どんなもの？

人生《じんせい》はたった1度《ど》きり。
しかも、
あっという間《ま》に
終《お》わってしまう。
貴重《きちょう》な時間《じかん》を
たいせつに生《い》きよう。

天地《てんち》は万古《ばんこ》有《あ》るも、此《こ》の身《み》は再《ふたた》びは得《え》られず。
人生《じんせい》は只百年《ただひゃくねん》なるのみ、此《こ》の日《ひ》最《もっと》も過《す》し易《やす》し。

その時間《じかん》がムダなのでは…？
昨日《きのう》からずっとすわってるね
ムダな人生《じんせい》とはどんなものかを考《かんが》えているのです…

無意味《むいみ》にすごすなんて恐《おそ》ろしい！

人生《じんせい》って、いったいなんだろう？　とってもむずかしい質《しつ》問《もん》だね。きみより長《なが》く人生《じんせい》をすごしているおとなだって、なかなか答《こた》えられないかもしれないよ。

そんな人生《じんせい》について、『菜根譚《さいこんたん》』はこんなふうにいっているんだ。人生《じんせい》はたった1度《ど》だけ。長生《ながい》きしてもせいぜい100年《ねん》で、あっという間《ま》にすぎてしまう。

時間《じかん》って、本当《ほんとう》にふしぎなものだよ。年《とし》を重《かさ》ねるにつれ、どんどん早《はや》くすぎるように感《かん》じるものなんだ。しかも、過去《かこ》には絶対《ぜったい》に戻《もど》ることができない。だから、ふだんなにげなくすごしている時間《じかん》はものすごく貴重《きちょう》なんだ。

それに、未来《みらい》をつくるのは、いまという時間《じかん》のつみ重《かさ》ねだよ。だから、いまを無意味《むいみ》にすごすなんて、本当《ほんとう》に恐《おそ》ろしいこと！　たった1度《ど》きりの人生《じんせい》なのだから、実《みの》りあるものにしたいよね。1日《にち》1日《にち》をたいせつにしていこう。

毎日《まいにち》いやなことだらけ…

不満《ふまん》だらけの毎日《まいにち》にも、じつは幸《しあわ》せがかくれているよ。

都《すべ》て眼前《がんぜん》に来《き》たるの事《じ》は、足《た》るを知《し》る者《もの》には仙境《せんきょう》にして、足《た》るを知《し》らざる者《もの》には凡境《ぼんきょう》なり。

ああ 今日《きょう》は なんてよい天気《てんき》だ
ママ！ ぼくのために 怒《おこ》ってくれて ありがとう！

満足《まんぞく》と不満《ふまん》を使《つか》い分《わ》けよう！

もしきみが不満《ふまん》だらけの毎日《まいにち》を送《おく》っているなら、『菜根譚《さいこんたん》』のこのことばを知《し》ってほしい。目《め》の前《まえ》にあるすべては、満足《まんぞく》できる人《ひと》には「仙境《せんきょう》」＝理想《りそう》の世界《せかい》だけれど、不満《ふまん》ばかりの人《ひと》には「凡境《ぼんきょう》」＝ありふれた世界《せかい》になってしまう。

たとえば、早起《はやお》きはつらいけれど、朝《あさ》の光《ひかり》を浴《あ》びるのは気《き》もちがよいもの。口《くち》うるさく注意《ちゅうい》されるのはいやだけれど、きみのことを本当《ほんとう》に心配《しんぱい》してくれる人《ひと》がいるのは、幸《しあわ》せなこと。退屈《たいくつ》な勉強《べんきょう》だって、きみの可能性《かのうせい》を広《ひろ》げてくれるはず。つまり、見方《みかた》を変《か》えれば、不満《ふまん》のなかにもちゃんと幸《しあわ》せを見《み》つけることができるんだ。

だからといって、なんにでも満足《まんぞく》すればいいわけではないよ。毎日《まいにち》を充実《じゅうじつ》させて、悔《く》いのない人生《じんせい》を送《おく》るためには、自《じ》分《ぶん》に対《たい》して不満《ふまん》をもって、必死《ひっし》にがんばることも必要《ひつよう》なんだ。満足《まんぞく》していいこととダメなことを、しっかり判断《はんだん》しよう！

よりよい時間《じかん》のすごし方《かた》って？

熱鬧《ねつどう》の中《うち》に、一《いつ》の冷眼《れいがん》を着《つ》くれば、便《すなわ》ち許多《きょた》の苦《く》心思《しんし》を省《はぶ》く。
冷落《れいらく》の処《ところ》に、一《いつ》の熱心《ねっしん》を存《そん》せば、便《すなわ》ち許多《きょた》の真《しん》の趣味《しゅみ》を得《う》。

いそがしいときほど
冷静《れいせい》になろう。
つらく苦《くる》しいときほど
情熱《じょうねつ》をもとう。

うーどれから
やったら
いいんだよー
しゅくだい
もんだい

つらいから
おやすみなさい
zzzz

「冷眼熱心《れいがんねっしん》」でいこう！

どんな人《ひと》でも、人生《じんせい》にはいろんなときがあるよね。『菜根譚《さいこんたん》』によれば、いそがしいときも、つらく苦《くる》しいときも、それぞれの状態《じょうたい》とじょうずにつき合《あ》っていくことで、人生《じんせい》はよりよいものになるらしいよ。そしてそのためには、自分《じぶん》のなかにある「冷静《れいせい》」と「情熱《じょうねつ》」を使《つか》い分《わ》けることが必要《ひつよう》なんだって。

まず、いそがしいときは「冷静《れいせい》」の出番《でばん》！　「冷眼《れいがん》」＝冷静《れいせい》な目《め》で、きちんと状況《じょうきょう》を整理《せいり》すれば、不安《ふあん》やイライラが吹《ふ》き飛《と》んでいくはず。逆《ぎゃく》に、つらく苦《くる》しいときは「情熱《じょうねつ》」の出番《でばん》！　けっして気《き》を抜《ぬ》かず、「熱心《ねっしん》」＝熱《あつ》いこころをもってすごせば、落《お》ち込《こ》まずおだやかでいられるよ。

冷静《れいせい》な目《め》と熱《あつ》いこころがあれば、どんな時間《じかん》も意味《いみ》のあるものにできるんだ。『菜根譚《さいこんたん》』のこのことばを、「冷眼熱心《れいがんねっしん》」という四字熟語《よじじゅくご》にしておぼえておきたいね！

なんのために本《ほん》を読《よ》むの？

書《しょ》を読《よ》みて聖賢《せいけん》を見《み》ざれば、鉛槧《えんざん》の傭為《ようた》り。

どんなに本《ほん》を読《よ》んでも、
中身《なかみ》を自分《じぶん》のものに
しなければ、
読《よ》んでいないのと
同《おな》じだよ。

どの本《ほん》がおもしろかった？
それじゃ 読《よ》んだ意味《いみ》ないんだけどな….
そんなのおぼえてないよー

ただやるだけではダメ！

「本《ほん》を読《よ》みなさい」って、おとなはよくいうけれど、読書《どくしょ》する意味《いみ》ってなんだろう？

『菜根譚《さいこんたん》』は、とっても激《はげ》しい表現《ひょうげん》を使《つか》って、読書《どくしょ》について説明《せつめい》しているよ。それは、ただ本《ほん》を読《よ》むだけでは意味《いみ》がなく、そこに書《か》かれた内容《ないよう》を理解《りかい》しなければ、「鉛槧《えんざん》の傭《よう》」つまり、文字《もじ》の奴隷《どれい》になってしまうということ。「奴隷《どれい》」だなんて、びっくりしたかな？

読書《どくしょ》というのは、本《ほん》に込《こ》められたメッセージや、新《あたら》しい情報《じょうほう》、自分《じぶん》とはちがう考《かんが》え方《かた》などを吸収《きゅうしゅう》すること。そして、吸収《きゅうしゅう》したものを、自分《じぶん》の生活《せいかつ》や行動《こうどう》にどういかせるかを考《かんが》えることなんだ。そうやって、本《ほん》の中身《なかみ》を自分《じぶん》のものにしていくことが、きみの成長《せいちょう》につながるよ。

どんなことでも、せっかくやるなら、ただやるのではなく、その意味《いみ》をしっかり意識《いしき》してみよう。

自分《じぶん》の評価《ひょうか》が気《き》になる！

ほめことばも、悪口《わるぐち》も、本当《ほんとう》のきみとは無関係《むかんけい》かもしれないよ。

我《われ》、貴《とうと》くして、人《ひと》、之《これ》を奉《ほう》ずるは、此《こ》の峨冠大帯《がかんだいたい》を奉《ほう》ずるなり。
我《われ》、賤《いや》しくして、人《ひと》、之《これ》を侮《あなど》るは、此《こ》の布衣草履《ふいそうり》を侮《あなど》るなり。

どっちもぼく！
ステキ！
ダサッ

本当《ほんとう》の評価《ひょうか》だけを気《き》にしよう！

ちょっとほめられるとはしゃいで、逆《ぎゃく》にちょっと悪口《わるぐち》をいわれると落《お》ち込《こ》んでしまう。きみにもそんな経験《けいけん》があるかもしれないね。そんなきみには、『菜根譚《さいこんたん》』のこのことばを知《し》ってほしい。

人《ひと》に対《たい》する評価《ひょうか》は、着《き》ている服《ふく》に対《たい》するもので、本当《ほんとう》のその人自身《ひとじしん》とは関係《かんけい》ない。立派《りっぱ》な服《ふく》を着《き》ていればチヤホヤされるし、粗末《そまつ》な格好《かっこう》をしていればバカにされる。有名《ゆうめい》な学校《がっこう》に通《かよ》っていたり、大《おお》きな家《いえ》に住《す》んでいたりすれば、尊敬《そんけい》されることもある。そんなふうに、目《め》に見《み》えるものだけで評価《ひょうか》されることって、けっこうあるんだ。

つまり、人《ひと》が自分《じぶん》をどう判断《はんだん》するかは、簡単《かんたん》に変《か》わってしまうもの。だから、ほめられて喜《よろこ》びすぎたり、けなされて悩《なや》みすぎたりする必要《ひつよう》はないんだ。そんな評価《ひょうか》に惑《まど》わされず、きみ自身《じしん》をみがいていくことがだいじだよ！

自分《じぶん》の人生《じんせい》を生《い》きるために…

人生《じんせい》は、
運命《うんめい》にふりまわされる
あやつり人形《にんぎょう》。
だからこそ、
その糸《いと》は
自分《じぶん》の手《て》で握《にぎ》ろう。

人生《じんせい》は原是《もとこ》れ一《いつ》の傀儡《かいらい》なり。只《ただ》、根蔕《こんてい》の手《て》に在《あ》るを要《よう》するのみ。
一線《いっせん》も乱《みだ》れず、巻舒自由《かんじょじゆう》ならば、行止我《こうしわれ》に在《あ》り。

きみの人生《じんせい》の主人公《しゅじんこう》はきみ自身《じしん》だよ！

きみがこれから生《い》きていくなかで、自分《じぶん》の力《ちから》だけではどうにもならないことがあるかもしれない。人生《じんせい》は、思《おも》い通《どお》りにはいかないものだからね。『菜根譚《さいこんたん》』は、そんなふうにだれもが運命《うんめい》にふりまわされるようすを、人生《じんせい》は「傀儡《かいらい》」つまり、あやつり人形《にんぎょう》のようなものだといっているよ。

ちょっとがっかりしてしまったかな？　でも、あきらめてはいけないよ。『菜根譚《さいこんたん》』は、人生《じんせい》を自分《じぶん》のものにする方法《ほうほう》として、あやつり人形《にんぎょう》の糸《いと》は自分《じぶん》で握《にぎ》りなさいともいっているんだ。あやつる糸《いと》をしっかり握《にぎ》っていれば、人形《にんぎょう》をどんなふうに動《うご》かすかは自分《じぶん》しだいだからね。

まわりにふりまわされず、自分《じぶん》で決断《けつだん》する。困難《こんなん》から逃《に》げず、向《む》き合《あ》い続《つづ》ける――それこそが、どんな状況《じょうきょう》でも「自《じ》分《ぶん》の人生《じんせい》を生《い》きる」ということだよ。きみの人生《じんせい》の主人公《しゅじんこう》は、きみ自身《じしん》なんだ！

声《こえ》に出《だ》して読《よ》みたい『菜根譚《さいこんたん》』

ここでは、この本《ほん》で紹介《しょうかい》した『菜根譚《さいこんたん》』のことばのうち、とくに「声《こえ》に出《だ》して読《よ》みたい」８つのことばを選《えら》んで紹介《しょうかい》するよ。書《か》き下《くだ》し文《ぶん》は、むかしのことばや、たくさんの漢字《かんじ》を使《つか》って書《か》かれているから、むずかしいかもしれないけれど、声《こえ》に出《だ》して読《よ》んでみれば、ことばの力《ちから》を感《かん》じ取《と》れるはず。ぜひチャレンジしてみよう！

地《ち》の穢《けが》れたるは、多《おお》く物《もの》を生《しょう》じ、
水《みず》の清《す》めるは、常《つね》に魚《うお》無《な》し。

（↓14ページ）

磨礪《まれい》は当《まさ》に百煉《ひゃくれん》の
金《きん》の如《ごと》くすべし。

（↓18ページ）

徳《とく》は才《さい》の主《しゅ》にして、
才《さい》は徳《とく》の奴《ど》なり。
（↓20ページ）

悪《あく》を聞《き》きては、就《そのまま》には悪《にく》むべからず。
（↓32ページ）

達士《たっし》は、心《こころ》に払《もと》る処《ところ》を以《もっ》て楽《たの》しみと為《な》し、
終《つい》に苦心《くしん》を楽《たの》しみに換《か》え得《え》て来《き》たると為《な》す。
（↓44ページ）

伏《ふく》すること久《ひさ》しき者《もの》は、飛《と》ぶこと必《かなら》ず高《たか》く、開《ひら》くこと先《さき》なる者《もの》は、謝《しゃ》すること独《ひと》り早《はや》し。

（→50ページ）

熱鬧《ねつどう》の中《うち》に、一《いっ》の冷眼《れいがん》を着《つ》くれば、便《すなわ》ち許多《きょた》の苦《く》の心思《しんし》を省《はぶ》く。冷落《れいらく》の処《ところ》に、一《いっ》の熱心《ねっしん》を存《そん》せば、便《すなわ》ち許多《きょた》の真《しん》の趣味《しゅみ》を得《う》。

（→58ページ）

人生《じんせい》は原《もと》是《こ》れ一《いっ》の傀儡《かいらい》なり。
只《ただ》、根蒂《こんてい》の手《て》に在《あ》るを要《よう》するのみ。
一線《いっせん》も乱《みだ》れず、
巻舒《かんじょ》自由《じゆう》ならば、
行止《こうし》我《われ》に在《あ》り。

（↓64ページ）

おわりに

『菜根譚《さいこんたん》』のなかから、24のことばを選《えら》んで、みなさんに届《とど》けました。この24のことばには、ピンチのとき、けっして負《ま》けることなく、うまく切《き》り抜《ぬ》けていくためのヒントが、いっぱいつまっています。読《よ》んでみて、どうでしたか？

もし「ぜひ参考《さんこう》にしてみたい！」と思《おも》うことばが見《み》つかっていたら、すぐに実行《じっこう》して、みなさんの毎《まい》日《にち》にいかしてください。

なかには、「ちょっとピンとこないな……」ということばもあったかもしれません。でも、いまはそれでいいのです。いつか「あのことばは、こういうことだったのか！」と気《き》づく瞬間《しゅんかん》が、きっとやってくるからです。そのときは、改《あらた》めてこの本《ほん》をじっくり読《よ》み返《かえ》してみましょう。

みなさんの人生《じんせい》にはこの先《さき》、楽《たの》しいことと同《おな》じぐらい、つらいこともあると思《おも》います。ときには、不《ふ》安《あん》を抱《かか》え、悩《なや》み苦《くる》しむこともあるかもしれません。そんなときでも、みなさんは困難《こんなん》を乗《の》りこえることができると、ぼくは信《しん》じています。

なぜなら、『菜根譚《さいこんたん》』の24のことばが、いつでもみなさんに寄《よ》り添《そ》っているからです。

いま、みなさんは、そんな「逆境《ぎゃっきょう》に負《ま》けない力《ちから》」を手《て》に入《い》れるためのスタートラインに立《た》ちました。それだけでもきっと、昨日《きのう》までのみなさんとはちがうはずです！　強《つよ》くなったみなさんに会《あ》えるのを、ぼくはいまから楽《たの》しみにしています。

齋藤《さいとう》 孝《たかし》

● 監修者紹介

齋藤 孝（さいとう・たかし）

静岡県生まれ。明治大学文学部教授。専門は、教育学、身体論、コミュニケーション論。著書に『声に出して読みたい日本語』（草思社）、『小学生のための論語』（PHP研究所）、『図解 菜根譚』（ウェッジ）、『こども孫子の兵法』（日本図書センター）など多数。NHKEテレ「にほんごであそぼ」総合指導。

● イラスト　すがわらけいこ

● 本文テキスト　香野健一

● デザイン・編集・制作　ジーグレイプ株式会社

● 企画・編集　株式会社日本図書センター

● 参考文献　『菜根譚』（中村璋八・石川力山訳注、講談社学術文庫）／『決定版 菜根譚』（守屋洋、PHP研究所）／『菜根譚』（湯浅邦弘、角川ソフィア文庫）／『中国古典の知恵に学ぶ 菜根譚』（祐木亜子訳、ディスカヴァー・トゥエンティワン）

逆境《ぎゃっきょう》に負《ま》けない力《ちから》をつける！

こども菜根譚《さいこんたん》

2016年 10月25日　初版第1刷発行
2017年　2月25日　初版第2刷発行

監修者　齋藤 孝
発行者　高野総太
発行所　株式会社 日本図書センター
〒112-0012　東京都文京区大塚3-8-2
電話　営業部 03-3947-9387
出版部 03-3945-6448
http://www.nihontosho.co.jp
印刷・製本　図書印刷 株式会社

ISBN978-4-284-20390-6　C8098